Gilbert **Delahaye** ◆ Marcel **Marlier**

martine

fait de la voile

casterman

• Découvre les personnages de cette histoire •

Martine

Joyeuse et curieuse, Martine adore s'amuser avec ses amis et son petit chien Patapouf. Ensemble, ils découvrent le monde et vivent de véritables aventures. Une chose est sûre : avec Martine, on ne s'ennuie jamais !

Cécile et Damien

Tous deux sont moniteurs de voile.
Grâce à eux, Martine et ses copains apprennent à naviguer !

Patapouf

Ce petit chien est un vrai clown !
Il fait parfois des bêtises…
mais il est si mignon que Martine lui pardonne toujours !

Cet été, Martine fait un stage de voile.

Dès son arrivée, elle écrit une lettre à Clara :

*« Ça y est, je suis arrivée à l'école des Goélands !
Normalement, les animaux sont interdits, mais les moniteurs
ont accepté Patapouf parce que j'ai promis qu'il serait sage...
Lui et moi, on va bien s'amuser ! »*

Ce matin, il fait beau et le vent souffle : un temps idéal pour faire de la voile !

– Moi, je suis déjà en maillot de bain ! s'écrie Anna. J'ai tellement hâte de mettre les pieds dans l'eau !

Avant de voguer sur les flots pour de vrai, il faut apprendre les bases de la navigation.

– Qu'est-ce qui fait avancer un voilier ? demande Damien, le moniteur.

– Ben… la voile, dit Abel.

– Non, le vent qui souffle dans la voile ! intervient Martine.

– Bravo ! Le problème, c'est qu'il ne pousse pas toujours dans le bon sens. Naviguer, c'est apprendre à diriger votre bateau là où VOUS avez décidé d'aller.

Enfin de vrais bateaux !

– Qu'est-ce qu'on appelle un voilier ? demande Damien.

– Une coque avec un mât et une voile, répond Chloé.

– Exact ! Et qui sait à quoi sert ce morceau de bois ?

– C'est le gouvernail, lance Martine. Il donne la direction du bateau !

Dis, Damien, quand est-ce qu'on ira sur l'eau ?

– Une fois que je vous aurai donné les consignes de sécurité, explique Damien. C'est le plus important quand on navigue ! Tout d'abord, pour avoir un bon équilibre sur un bateau, il faut éviter les gestes brusques. Mais surtout, il est obligatoire de porter un gilet de sauvetage.

Même Patapouf a le sien !

– Essayez de sauter à l'eau. Vous verrez que ces gilets sont de vraies bouées : ils peuvent sauver une personne de la noyade !

– Un bon marin doit aussi savoir retourner son voilier s'il a chaviré, poursuit Damien.

– Ça arrive souvent ? demande Martine, un peu inquiète.

– Parfois. En cas de fort coup de vent, de grosse vague ou si on fait une fausse manœuvre. Allez, Martine, grimpe sur la coque pour redresser ton bateau !

– Et comment faire s'il n'y a pas de vent ? questionne Anna.

– On sort les rames ! s'écrie Martine.

– C'est ça, approuve Damien. Pour vous entraîner, on va faire une course en canot. Rappelez-vous la technique : un coup de pagaie à droite, un coup de pagaie à gauche, et attention à votre équilibre... Un, deux, trois... Partez !

Maintenant, il est temps de passer aux choses sérieuses…

– Une fois que tout le monde aura dressé son mât, annonce le moniteur, vous pourrez embarquer !

Martine donne un coup de main à Anna.

– Dernière vérification : s'assurer que la voile est bien tendue… dit-elle. Tout le monde à bord !

C'est parti ! Les enfants voguent enfin sur le lac.
Mais pas facile d'avancer tous à la même vitesse, encore moins de diriger son embarcation…
« Ouaf ! Ouaf ! » aboie Patapouf en voyant deux coques se frôler.
– Tourne ton gouvernail légèrement à gauche ! crie Damien.
Vois d'où vient le vent. Pour garder ta vitesse, évite d'aller contre lui.

C’est la fin de la première journée de voile…

Le soleil couchant se reflète dans l’eau.

Le dernier voilier revient à la rive.

Encore une demi-heure pour jouer dans le sable, puis il faudra rentrer.

Tout le monde est bien fatigué !

Le lendemain, au réfectoire, les enfants sont surexcités.

– Passe-moi le pain, demande Anna à Victor. Il faut prendre des forces pour la leçon de cet après-midi !

– J'ai hâte ! ajoute Martine. Surtout qu'aujourd'hui, on navigue deux par deux !

C'est Cécile qui accueille les enfants au débarcadère.

– Avant d'embarquer, vous allez apprendre à faire des nœuds.

– Pour quoi faire ? demande Victor.

– Les nœuds sont un élément essentiel de la navigation : ils servent à attacher un bateau, à ajuster les voiles, à évaluer les distances…

Les enfants s'appliquent… Ils sont compliqués, ces nœuds de marin !

Maintenant, les jeunes matelots peuvent hisser les voiles.

– Celle-ci s'appelle le foc, commente Cécile en tirant sur un cordage.

Et l'autre la grand-voile !

Les filles du stage de natation admirent les gestes assurés de Martine.

On dirait qu'elle a fait ça toute sa vie !

Les voiliers filent sur l'eau.

– Le vent souffle fort, aujourd'hui ! crie Martine.

– Raison de plus pour tenir fermement le gouvernail et les voiles ! répond Damien. Il faut que le foc reste bien bombé, sinon on risque de chavirer !

Voilà une idée qui effraye un peu Patapouf !

Les bateaux voguent jusqu'au petit port voisin.

– Attention, les canards ! s'exclame Martine.

Comment faire pour s'arrêter ?

– Il faut d'abord ralentir en relâchant la grand-voile, explique Damien. Ensuite…

– Placer le voilier face au vent ! se souvient la fillette.

C'est le dernier jour du stage de voile.

Il est temps de ranger les bateaux.

– Je rêve d'avoir mon propre voilier… confie Martine à ses amis.

– Moi aussi ! acquiesce Anna. Un qui irait à toute allure !

Je le baptiserais *Étoile filante*… Et toi, Martine ?

– Mmh… Peut-être *Capitaine Patapouf*! Qu'en dis-tu ? demande

la fillette à son chien en riant.

La journée s’achève dans la bonne humeur.

– Il ne reste plus qu’à rentrer les bateaux ! annonce Martine.

Mais attention, les coques sont lourdes ! Alors les enfants décident de s’y mettre à plusieurs.

– Un… deux… trois… Soulevez ! crie Victor.

– Ho ! hisse ! s’exclament les enfants.

Patapouf aboie pour les guider vers le hangar.

Après, il faudra encore plier les voiles et ranger tout le matériel.

Damien et Cécile ont demandé aux élèves de retourner les canots.

– C'est pour éviter qu'ils ne s'abîment, comprend Anna. S'il pleut, l'intérieur de la coque restera au sec…

– Et les voiliers seront en parfait état quand on reviendra l'année prochaine ! lance Martine avec un clin d'œil. Vivement le prochain stage de voile !

Retrouve martine dans d'autres aventures !

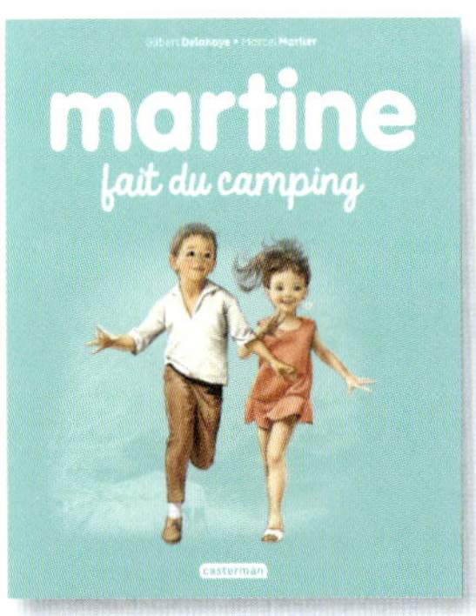

Gilbert Delahaye • Marcel Marlier
martine
garde son petit frère
casterman

Gilbert Delahaye • Marcel Marlier
martine
fête son anniversaire
casterman

Gilbert Delahaye • Marcel Marlier
martine
jardine
casterman
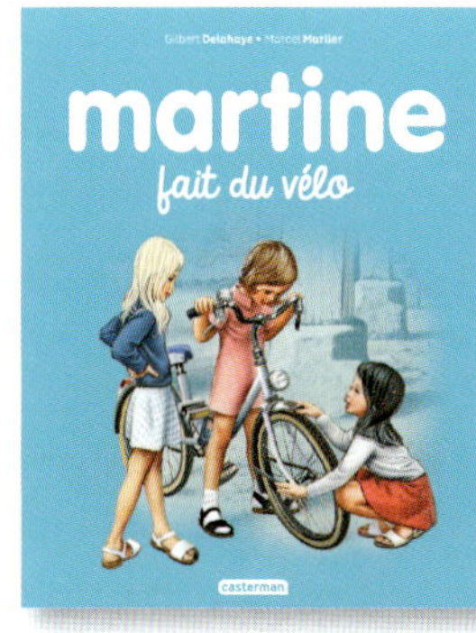
Gilbert Delahaye • Marcel Marlier
martine
fait du vélo
casterman

Gilbert Delahaye • Marcel Marlier
martine
petit rat de l'opéra
casterman

Gilbert Delahaye • Marcel Marlier
martine
à la fête des fleurs
casterman

Gilbert Delahaye • Marcel Marlier
martine
fait la cuisine
casterman

Gilbert Delahaye • Marcel Marlier
martine
apprend à nager
casterman

Gilbert Delahaye • Marcel Marlier
martine
est malade
casterman

Gilbert Delahaye • Marcel Marlier
martine
en vacances
casterman

Gilbert Delahaye • Marcel Marlier
martine
prend le train
casterman

Gilbert Delahaye • Marcel Marlier
martine
fait de la voile
casterman

Gilbert Delahaye • Marcel Marlier
martine
fête maman
casterman

Gilbert Delahaye • Marcel Marlier
martine
à l'école
casterman

Gilbert Delahaye • Marcel Marlier
martine
découvre la musique
casterman

Gilbert Delahaye • Marcel Marlier
martine
a perdu son chien
casterman

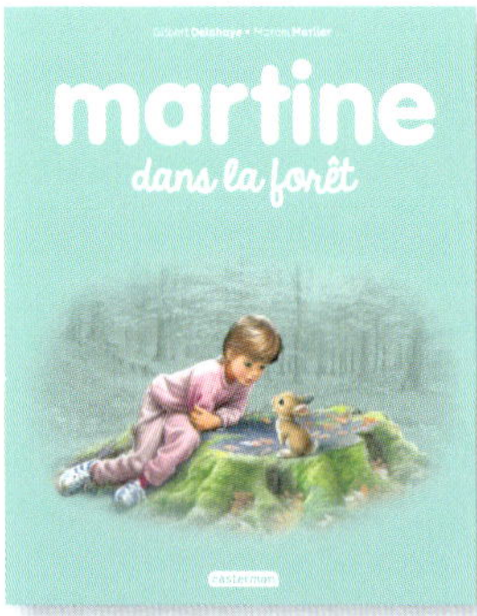
Gilbert Delahaye • Marcel Marlier
martine
dans la forêt
casterman

Gilbert Delahaye • Marcel Marlier
martine
et le cadeau d'anniversaire
casterman

martine
un mercredi pas comme les autres

Gilbert Delahaye • Marcel Marlier
martine
la nuit de Noël
casterman

Gilbert Delahaye • Marcel Marlier
martine
se déguise
casterman

Gilbert Delahaye • Marcel Marlier
martine
et les lapins du jardin
casterman

Gilbert Delahaye • Marcel Marlier
martine
baby-sitter
casterman

martine
au pays des contes
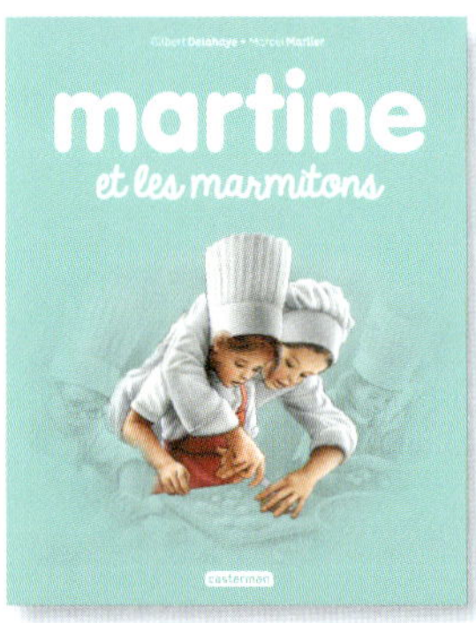
Gilbert Delahaye • Marcel Marlier
martine
et les marmitons
casterman

Gilbert Delahaye • Marcel Marlier
martine
prépare une surprise
casterman

Gilbert Delahaye • Marcel Marlier
martine
l'arche des animaux
casterman
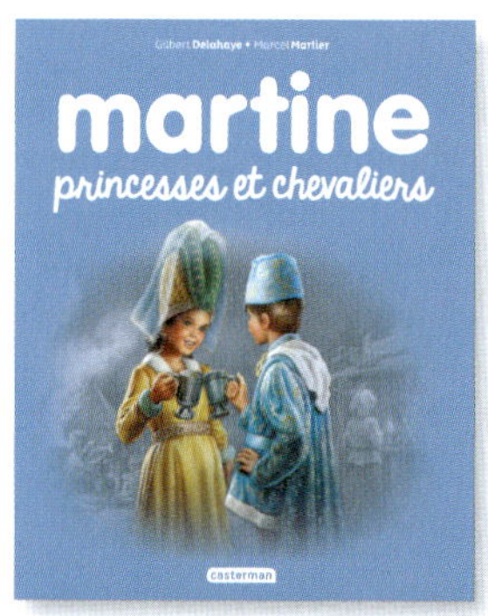
Gilbert Delahaye • Marcel Marlier
martine
princesses et chevaliers
casterman

Gilbert Delahaye • Marcel Marlier
martine
et les fantômes
casterman

Gilbert Delahaye • Marcel Marlier
martine
un amour de poney
casterman
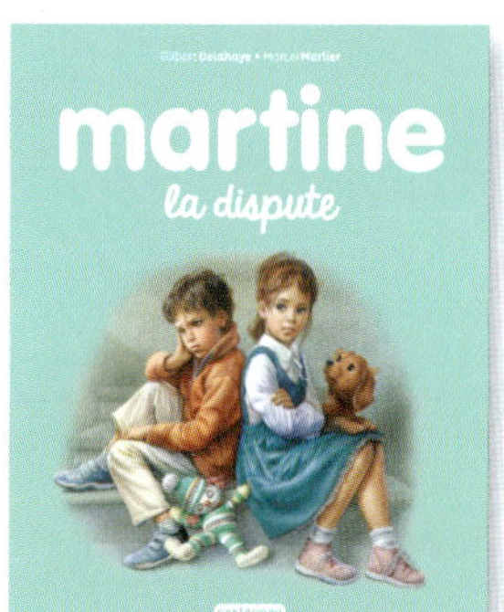
Gilbert Delahaye • Marcel Marlier
martine
la dispute
casterman

Gilbert Delahaye • Marcel Marlier
martine
drôle de chien !
casterman

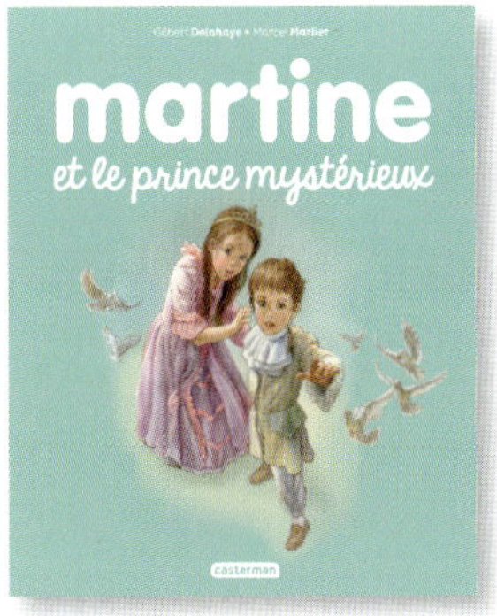

Casterman
Cantersteen 47
1000 Bruxelles

www.casterman.com

ISBN : 978-2-203-12570-4
N° d'édition : L.10EJCN000598.N001

D'après les albums de Gilbert Delahaye et Marcel Marlier.
Achevé d'imprimer en décembre 2016, en Italie.
Dépôt légal : mars 2017 ; D.2017/0053/84
Déposé au ministère de la Justice, Paris (loi n°49.956
du 16 juillet 1949 sur les publications destinées à la jeunesse).